# EXERCICE

POUR

# LA DISTRIBUTION DES PRIX

DU

SÉMINAIRE DE N.-D. DE POLIGNAN

LE 24 JUILLET 1867

PAR M. L'ABBÉ BIZE, CH. HON.,

PROFESSEUR DE RHÉTORIQUE.

—

SAINT-GAUDENS

IMPRIMERIE ET LIBRAIRIE DE VEUVE TAJAN.

—

1867

# EXERCICE

POUR

## LA DISTRIBUTION DES PRIX

DU

SÉMINAIRE DE N.-D. DE POLIGNAN

LE 24 JUILLET 1867

PAR M. L'ABBÉ BIZE, CH. HON.,

PROFESSEUR DE RHÉTORIQUE.

SAINT-GAUDENS

IMPRIMERIE ET LIBRAIRIE DE VEUVE TAJAN.

1867

A

# MONSEIGNEUR L'ARCHEVÊQUE

HUMBLE ET AFFECTUEUX HOMMAGE.

# LE GÉNIE.

———

A.

Naguère nous disions : Vents, calmez vos haleines !
O mer, que ton courroux s'apaise dans tes plaines !
Qu'un soleil radieux, de l'aube jusqu'au soir,
Promène son image en ton vaste miroir ;
Et quand la nuit viendra, que de blanches étoiles,
En doux rayons bénis, scintillent dans ses voiles !
Mon Dieu, daignez couvrir de regards protecteurs
La nef qui portera notre Père et nos cœurs !
Quand vous le commandez, le ciel est sans nuage,
Et le vent sans colère, et la mer sans orage.

A ces lieux vénérés où le conduit l'amour,
Auguste pèlerin, qu'il aborde à son tour !
Qu'il porte dans les murs de la ville éternelle
Les splendeurs de sa foi, les ardeurs de son zèle,
Et ce pieux tribut, qu'avec tant de bonheur
Nous mîmes dans ses mains, qu'il reçut dans son cœur,
- Ce prix de nos travaux, cette part de nos gloires
Qui couronne nos fronts au jour de nos victoires,
Pour l'offrir au Pontife auguste et malheureux,
Qui promet en retour les triomphes des cieux.
Qu'il reçoive de lui l'embrassement suprême,
Qu'un jour à tous les siens Jésus donna lui-même !
Que béni par son cœur et béni par ses mains,
Il nous porte la paix et des trésors divins !
Ah ! cet espoir rendra l'absence moins cruelle ;
Et de tous ses enfants la prière fidèle,
Pour obtenir bientôt le fortuné retour,
Avec ardeur vers Dieu montera chaque jour.


Rome antique brillait d'une gloire immortelle,
Et le monde enchaîné se taisait devant elle.
Si quelque peuple encor remuait sous sa main,
Sur lui pesait plus lourd ce colosse d'airain.
Pyrrhus était vaincu : le royaume d'Épire
Va demander la paix au formidable empire.
Cynéas, de son roi messager vertueux,
Aborde la cité des sept monts glorieux.
Les sages, les vieillards, ce sénat admirable
Aux yeux de l'étranger parut si vénérable
Que, frappé de respect et de crainte à la fois,

Dans ces graves Romains il ne vit que des rois,
Et fut moins étonné que, par tant de sagesse,
Rome du monde entier devint reine et maîtresse.

Mais il s'est rencontré, dans nos jours malheureux,
Un spectacle plus beau, plus digne de nos yeux.
Nous avons vu courir à ces mêmes rivages
Des vieillards, des docteurs, des justes, de vrais sages,
Autour d'un nouveau maître un sénat réuni
S'incliner de respect devant ce front béni,
Au milieu des périls quand le monde chancelle,
Apporter à ses pieds leur douleur et leur zèle,
Implorer avec lui, sur les saintes hauteurs,
Et Pierre et Paul, ces grands, ces saints triomphateurs,
Célébrer ce beau jour tant de fois séculaire,
De leur sanglante mort pompeux anniversaire,
Et retremper leur âme à ce grand souvenir,
Et d'un front impassible attendre l'avenir.
Au niveau des périls ils ont mis leur courage,
Et leur sérénité ne craint rien de l'orage.
Déjà le ciel est noir et sillonné d'éclairs,
Des malheurs éclatants menacent l'univers.
Mais du Père commun la sagesse profonde
Aux pentes de l'abîme arrête encor le monde.
Sa voix s'est fait entendre, et tous les vents du ciel
A tous les horizons ont porté cet appel :

« Venez, vous, mes amis, vous, Pontifes, mes frères !
« Ne craignez rien, venez m'aider de vos lumières,
« Et pour le débrouiller éclairons ce chaos,

« Éloignons, s'il se peut, ce déluge de maux,
« Et parmi tant d'erreurs, de craintes et d'alarmes,
« Faisons monter au ciel nos soupirs et nos larmes.
« La foi s'est affaiblie, il faut la ranimer,
« Nous sauverons le monde à force de l'aimer.
« Ne craignez rien, vous dis-je, avec le divin maître,
« Car les jours du salut ne sont pas loin, peut-être ;
« J'ai, pour vous protéger contre de noirs forfaits,
« Et le secours du ciel, et des soldats français. »

Et c'est de France aussi que la foule pieuse
Se rendit à sa voix, plus prompte et plus nombreuse ;
Nos vœux accompagnaient nos prêtres bien-aimés,
De tant de foi, de zèle et d'amour animés.
MONSEIGNEUR, vous étiez du grand pèlerinage ;
Vous avez vu briller ce saint et doux visage,
Vous avez vu PIE IX, toujours persécuté,
Agir, parler, souffrir avec sérénité,
Assurant que jamais ni malheur ni ruine
N'éteindront parmi nous la céleste doctrine ;
Que le monde plutôt s'en irait en débris,
Et que tous ses destins seraient alors remplis.
Que vous êtes heureux d'avoir contemplé l'homme,
Le Saint que ses vertus ont fait plus grand que Rome,
De l'avoir vu, cloué sur une infàme croix,
Bénissant de plus haut les peuples et les rois,
Et d'avoir ressenti ces élans et ces flammes
Que toujours on ressent auprès des grandes âmes.
Lorsque le Saint Vieillard vous pressa sur son sein
Il mit dans votre cœur quelque chose du sien,

Même, sur votre front, nous croyons voir reluire
L'ineffable douceur de son dernier sourire,
Et vous déjà si bon, vous déjà si chéri,
Nous vous regarderons d'un œil plus attendri,
Et, tout environné de si grandes images,
Vous recevrez de nous de plus profonds hommages.
Oh! béni, quand après un spectacle si beau
Bon pasteur, vous venez, au milieu du troupeau
Et sous les yeux charmés de ces foules heureuses,
Faire luire un reflet de ces splendeurs pieuses.

Oh! que ton nom, Germaine, a grandi dans nos cœurs,
Depuis qu'il a reçu de solennels honneurs,
Et qu'il a retenti sous la voûte profonde
De ce temple bâti pour la ville et le monde !
Si l'on élève aux arts de splendides palais,
Si tout peuple aujourd'hui foule le sol français,
Si du génie humain admirant les conquêtes,
Les rois même, les rois accourent à nos fêtes,
Il est pour la vertu des chants plus solennels,
Et les tombeaux des saints deviennent des autels;
Et si Paris déploie une pompe royale,
Rome sera toujours la cité sans rivale.
Quelquefois, succombant sous le faix du malheur,
Elle renaît toujours comme une grande fleur;
Et, comme cet encens qui brûle au sanctuaire,
Son arôme sacré parfume au loin la terre.

Germaine, ô notre sœur, humble fille des champs,
Rome t'a prodigué ses parfums et ses chants,

Dans un transport de joie, ajouté sa couronne
A ce nimbe des cieux dont ta tête rayonne,
Proclamé hautement qu'une vierge de plus
A porté sa blancheur au milieu des élus.
Nous aussi nous voulons, témoins de tes miracles,
T'élever des autels près des saints tabernacles,
Et faire dire au marbre, à des tableaux pieux
Tes vertus sur la terre et ton pouvoir aux cieux.
Nous voulons confier à ta douce prière
Le Pontife, éclairé de la sainte lumière
Qui t'a fait resplendir, beau lis de pureté,
Et courbé tous les fronts devant ta sainteté.
Nous voulons te prier pour le Pasteur aimable
Que son zèle pour toi nous rend plus vénérable;
Nous voulons te prier pour toutes les douleurs,
Toi qui connus si bien la souffrance et les pleurs.
Oh! qu'elle soit encor témoin de tes prodiges
La terre où de tes pas sont restés les vestiges,
Et que la France entière, en ce temps agité,
Ait part à ton amour, ait part à ta bonté!

Ami, le croiriez-vous? En vous parlant de Rome,
Pardonnez-moi le mot, je me sens un autre homme,
Et Paris, ruisselant lui-même de splendeur,
Communique à mon âme un élan plein d'ardeur.
Ces cités aujourd'hui sont pleines de merveilles,
Dont le monde jamais n'aura vu les pareilles.
Les peuples, avertis par de lointains échos,
Océan débordé, s'y pressent à grands flots,
Électrisé devant cette pompe infinie,

Je ne puis m'empêcher d'applaudir au génie.
Oh ! que n'ai-je la voix du Jésuite éloquent
Que Notre-Dame a vu succéder au géant,
Et sans jamais atteindre en son vol Lacordaire,
Fit monter cependant assez haut cette chaire.
Oui, du Génie il a raconté les grandeurs,
Exalté le pouvoir, déploré les erreurs ;
Il a dit, pour que l'ange échappât à l'abîme,
Comment il doit remplir sa mission sublime.
Ou je voudrais encore, en termes éloquents,
De quelqu'un qui m'écoute imiter les accents ;
Et je pourrais alors élever mon langage,
Et payer au Génie un digne et noble hommage.
Oui, je pourrais alors l'exalter à mon tour,
Et monter jusqu'à lui dans un élan d'amour.
A son nom seul, mon sang et bouillonne et s'enflamme,
Je ne puis contenir les élans de mon âme.
Pour l'exalter aussi, tentez quelques efforts ;
Ami, de mon ivresse augmentez les transports.
Combien je suis surpris que ces flots de lumière
Aient pu de l'œil humain inonder la paupière !
Oui, l'homme m'apparaît et si grand et si beau,
Que la terre, le ciel pour moi tout est nouveau,
Et comme s'il voyait un monde de prestiges
Mon esprit se confond parmi tant de prodiges.

B.

Mon ami, j'applaudis à ce brûlant essor,
Mais vous suivre si haut je ne le puis encor ;

Et je commence à peine à déployer mes ailes,
Que déjà vous touchez aux voûtes éternelles,
Et, de tant de beauté sublime admirateur,
Vous-même du Génie atteignez la hauteur.
Montez, ami, montez où je ne puis prétendre;
Mais plus vite surtout gardez-vous de descendre.

## A.

Vous voulez rire? Eh bien, riez; mais laissez-moi
Remplir mon cœur, mes sens de bonheur et d'effroi.
Des célestes splendeurs écoulement suprême,
Sceptre mystérieux, éclatant diadème,
Pouvoir plus grand, plus beau que le pouvoir des rois,
Qui soumets et la terre et le ciel à tes lois,
Soleil, qui dans tes feux fais pâlir les étoiles,
Vaisseau retentissant poussé par mille voiles,
Et qui, dans un lointain où nos yeux ne voient plus,
Découvres des pays, des mondes inconnus,
Génie, enfant du ciel, non, ce n'est pas un rêve:
Ce que Dieu commença ta puissance l'achève,
Et lui-même, admirant tes prodiges divers,
D'un jour plus radieux voit briller l'univers.
Tu parles d'une voix solennelle et profonde:
Le néant te répond, le chaos se féconde,
Et l'argile, et le marbre, et l'airain orgueilleux
Se sont vus tout-à-coup des êtres glorieux.
Voyez, sous le ciseau que le génie inspire,
Et le corps qui palpite et l'âme qui respire.
Ce qui n'avait d'abord ni forme ni beauté,

S'est empreint de bonheur, de deuil, de majesté :
C'est la haine, l'amour, le sourire, les larmes,
La pitié, la terreur, le repos, les alarmes.
Tout ce qui peuple l'air et la terre et les eaux,
Une seconde fois s'échappe du chaos,
Et, laissant dans la nuit sa dépouille grossière,
Vient s'inonder encor de vie et de lumière.
Ainsi plein de beauté, de force et de douceur,
Et des secrets du ciel sublime possesseur,
Le Génie à nos yeux fait briller sans nuages
De la création les vivantes images.

## B.

Il fait plus, mon ami, de la divinité
Sur la toile et le marbre il met la majesté.
On dirait que les dieux, exilés sur la terre,
De Rome ont imploré la gloire hospitalière.
Vous contemplez, d'un œil étonné, confondu,
Dans ses murs rayonnants l'Olympe descendu,
Et les dieux, abîmés dans des flots de lumière,
Sont encore plus grands que ne les fit Homère.
C'est Jupiter tonnant, c'est le Maître des cieux
Dans un palais superbe appelant tous les dieux.
Mais on le voit enfin ; ces majestés muettes
Ont grossi de la mort les brillantes conquêtes,
Et, dans ces monuments, ce Vatican si beau
N'est plus des dieux éteints que le digne tombeau.
Puissé-je, un jour, épris de tes beautés divines,
Voir monter le soleil sur tes saintes collines !

Italie, Italie, amour de l'univers,
Tu pris au ciel ses dieux, tu lui prends ses concerts.
C'est toi, reine des arts, c'est toi que le Génie
Sans mesure inonda de ses flots d'harmonie.
Il a mis dans tes chants le plaisir, la douleur,
Dans le bois, dans l'airain la joie et la terreur ;
Et, grâce à tes enfants, tous les peuples du monde
Goûtent de ce bel art la volupté profonde.
Mais je vous arrêtais dans un si beau chemin.

## A.

Ami, sans compliment, si vous le voulez bien.
Mais suivez avec moi cet horizon immense,
Où partout du génie éclate la puissance.
A l'abîme il dit : Monte ! au ciel : Abaisse-toi !
Et tous deux du Génie ont respecté la loi ;
Et la terre s'ouvrant dévoile ses mystères,
Et, révélant enfin le secret de ses sphères,
A ses regards puissants tout le ciel a relui :
L'immensité s'allume et marche devant lui.
Dans le creux de sa main il balance les mondes,
De l'Océan terrible il gourmande les ondes,
Il commande à la foudre, il dirige les vents ;
Partout dominateur, maître des éléments,
L'onde, l'air et le feu lui rendent témoignage :
En lui du Créateur ils adorent l'image.
Au seul son de sa voix, tous ces fiers ennemis
Se trouvent à l'instant dociles et soumis ;
Et, pour le mieux servir dans leur obéissance,

Semblent prendre une part de son intelligence.
Depuis que l'univers est sorti du néant,
Dans sa marche a-t-on vu s'arrêter le géant?
Confiant dans sa force, il se rit des obstacles.
Quel lieu n'a pas été témoin de ses miracles?
Magnifique témoin, soleil, astre pompeux
Dont le regard embrasse et les temps et les lieux,
Toi seul tu peux compter, du haut de ta carrière,
Les monuments divins qu'éclaira ta lumière!

## B.

Votre voix dans mon cœur éveille mille échos;
Comme des feux, sur moi je sens tomber ces mots.
Vous, ses nobles enfants, Poésie, Éloquence,
Ah! du Génie encor dites-nous la puissance,
Parmi tant de grandeurs, qui lui doivent le jour,
Vous êtes son orgueil, vous êtes son amour.
Il vous donne, au milieu de pompes souveraines,
Et la force des rois, et la beauté des reines;
Et le temps, et la nuit, de tout éclat jaloux,
Semblent dans l'univers ne respecter que vous.
Tantôt comme des fleurs vous répandez vos charmes;
Tantôt vous nous jetez la foudre et les alarmes.
Comme le fond du cœur palpite à vos accents!
Vous maîtrisez de l'homme et l'esprit et les sens.
Les peuples, Océan aux vagues indociles,
Quand vous le commandez, s'arrêtent immobiles,
Quand vous le commandez, cette mer en fureur
Promène dans ses flots la mort et la terreur,

Quelle bouche pourrait raconter vos miracles?
Sans doute, du Génie écoutant les oracles,
L'homme s'est entouré de prodiges divers;
Sa grandeur est partout, et tout dans l'univers
Nous atteste que l'homme est roi; mais la parole
Est de sa royauté le plus brillant symbole.
Quel spectacle imposant! mais mon faible pinceau
N'ira point essayer ce merveilleux tableau.

Lorsque je contemplais dans leur magnificence
Les monuments pompeux de sa toute-puissance,
C'était pour moi l'éclair de la divinité.
Frappé de sa grandeur et plein de sa beauté,
Mon cœur plus fortement battait dans ma poitrine,
Ma tète s'allumait d'une flamme divine,
Mes cheveux se dressaient dans une sainte horreur,
J'étais, j'étais heureux de joie et de terreur
Dans le fond de mon être; et mon âme ravie
Débordait de chaleur, de lumière et de vie.
J'aurais voulu dans l'air courir avec les vents,
Dans leurs bonds convulsifs devancer les torrents;
Au milieu des éclairs respirer le tonnerre,
D'une voix formidable épouvanter la terre,
De l'immense Océan grossir, tarir les flots,
Dans l'espace infini me créer des échos,
Et, le cœur enivré de voluptés profondes,
Dans ces brillants déserts jeter de nouveaux mondes.
Dans ces moments j'allais précipitant mes pas,
A tous les vents du ciel j'abandonnais mes bras,
Criant avec effort: Dieu, donne-moi des ailes,
Pour ravir le Génie aux sources éternelles!

Feu sacré, je ne puis m'élancer jusqu'à toi :
Resplendis dans les airs et descends jusqu'à moi !
Tels étaient mes transports ; et la soif dévorante
Laissait un souffle à peine à ma bouche brûlante.
  Mais quelquefois aussi, dans ce ravissement,
Je n'avais ni regard, ni voix, ni mouvement :
Grain de sable perdu sous la vague profonde,
Atome dans les airs que le soleil inonde.
C'était un océan de joie et de beauté,
Le poids délicieux de mon éternité,
Ma paupière endormie était dans les nuages ;
Mais, élevé sans bruit aux rayonnantes plages,
Mon œil intérieur s'était ouvert au jour,
Ma bouche à l'harmonie et mon cœur à l'amour.
O ciel, de ton bonheur j'ai goûté les prémices,
Deviné ce qu'il tient dans tes divins calices !
Mais vous, n'avez-vous pas éprouvé ces transports ?
N'avez-vous pas du Ciel entendu les accords ?


## A.


  Oui, comme vous, ami, j'ai goûté cette joie
Où le cœur se dilate, et se perd et se noie,
Où le front, entouré des mystères des cieux,
Dans un effroi divin sent flotter ses cheveux,
Où l'admiration monte jusqu'au délire.
Si tel est le bonheur que le Génie inspire,
Dans quelle extase, Lui, par Dieu même jeté,
Doit-il s'abandonner à sa félicité ?

## B.

C'est l'aigle, cher ami, planant sur nos campagnes,
C'est cet aigle royal, hôte de nos montagnes !
S'il descend quelquefois dans le creux des vallons,
Il remonte soudain à ces beaux horizons,
Reprend sur les hauteurs son allure sauvage.
C'est toujours à ses pieds que murmure l'orage,
Il porte fièrement sa tête dans les airs,
Il insulte à la foudre, il sourit aux éclairs,
Il triomphe, et tandis que des nuages sombres
Laissent tomber plus bas l'épouvante et les ombres,
Lui, couronné de paix et de sérénité,
S'enivre de soleil et de félicité.
Et que sont devant lui les maîtres de la terre ?
Pâlissantes clartés, orgueilleuse poussière
Qui roule dans les airs en puissants tourbillons ;
Le vent capricieux qui la prit aux sillons,
Dans les airs quelque temps avec elle se joue,
Et bientôt l'abandonne et le rend à la boue,
Tandis que le Génie, avec sa royauté,
S'avance dans les champs de l'immortalité.
Lui, d'un regard a vu, du couchant à l'aurore,
L'univers étonné qui s'incline et l'adore ;
Il entend l'avenir qui, dans ses grandes voix,
Lui jette le bonheur et la gloire à la fois.
Et qui pourrait sonder la jouissance intime,
Où ce roi surhumain s'enveloppe et s'abîme,
Lorsqu'il a remué, fécondé le chaos

Et conquis le bonheur d'un glorieux repos?
Rempli d'un saint orgueil, comme le Dieu suprême,
Dans le fond de son cœur il jouit de lui-même;
Et, s'il jette un regard sur l'œuvre de sa main,
Il peut dire à son tour : « Ce que j'ai fait est bien! »
Il voit que pour toujours sa parole est féconde;
Que son œuvre ne peut périr qu'avec le monde.
Vents terribles soufflez, ouragans furieux,
Bouleversez la terre, épouvantez les cieux,
Emportez et trésors et sceptres et couronnes,
Fortune au cœur d'airain, reprends ce que tu donnes;
Et toi, démon fatal, qui tords les nations
Au chevalet sanglant des révolutions,
Chante, et livre en hurlant les plus sublimes têtes
A l'horrible couteau de tes horribles fêtes;
Jamais vous ne pourrez effacer un grand nom :
La mort pour tant de gloire est encore un rayon.

## A.

Mon ami, vous avez bien déployé vos ailes,
Et c'est vous qui touchez aux voûtes éternelles.
Vous avez du Génie entrevu le bonheur,
Et ses félicités égalent sa grandeur.
La terre sous ses pas et le ciel sur sa tête
Ne sont jamais pour lui qu'une éternelle fête;
Ils se parent pour lui des plus beaux ornements
Et lui font éprouver de saints tressaillements.
Plus d'astres à ses yeux, plus de fleurs étincellent,
Dans l'air, dans l'Océan plus de vagues ruissellent;

2

Il écoute la voix du tonnerre et des vents,
Comprend le vol de l'aigle et le cri des torrents.
De la nature entière il entend le langage,
Ce livre où Dieu se montre et parle à chaque page.
Il est l'écho vivant, fidèle, solennel
Que frappent tous les bruits de la terre et du ciel,
Le tabernacle auguste où de l'ange et de l'homme,
Sous le regard de Dieu, l'union se consomme,
Le miroir éclatant où vient toute beauté
Reluire avec le sceau de la Divinité.
Ah ! sans doute, formé d'une divine essence,
De l'éternelle joie il ressent l'influence,
Enivrant quelquefois et son cœur et ses yeux
Du bonheur de la terre et du bonheur des cieux.
Souvent, dans sa fureur, la pâle calomnie
De sa félicité vient troubler l'harmonie,
Se tourmente, s'agite et jette à ses splendeurs
Le hideux tourbillon de ses noires vapeurs.
Vains efforts ! c'est l'enfant qui, d'un peu de poussière,
Croit de l'astre du jour éteindre la lumière.
Mais si son front reçoit un peu d'obscurité,
Il reluit au soleil de la postérité.
  Sans doute, il faut le dire : on a vu le Génie,
Victime de la haine ou de la tyrannie,
Et par tant de grandeur blessant l'orgueil humain,
Subir les fers, la mort et quelquefois la faim.
Dieu même, l'abreuvant d'une douleur immense,
A son cœur paraissait égaler la souffrance ;
Mais son regard puissant plongeait dans l'avenir.
Souffrir alors, pour lui ce n'était plus souffrir :

Il voyait, de son nom sa patrie orgueilleuse,
Parmi les nations s'avancer radieuse,
Et l'univers entier, voyant ce nouveau jour,
L'accueillir aussitôt avec des chants d'amour.
Mais quand on est si grand et si près de Dieu même,
Le malheur n'est-il pas la volupté suprème?
N'a-t-il pas des douceurs, des charmes solennels
Que le bonheur n'a pas pour de simples mortels?
Je n'en sais rien, ami; mais le Dieu du Calvaire
Fut grand par ses douleurs, fut grand par sa misère;
Et le Génie aussi, descendu du saint lieu,
Sans doute vit, et pense, et souffre comme un Dieu!

### B.

Oui, jusque dans ses maux il trouve l'allégresse.
Mais, ami, si du Ciel la divine largesse
Le combla de lumière et de félicité,
Il nous doit à son tour bonheur et vérité:
Roi puissant, c'est pour nous qu'il porte la couronne.
Après l'avoir créé, Dieu du haut de son trône
Commande à cet esprit: « Chef-d'œuvre de mes mains,
« Va, lui dit le Seigneur, va parmi les humains ·
« Déployer les rayons de ta magnificence,
« Raconte ma beauté, ma grandeur, ma puissance,
« Répands dans l'univers l'amour, la vérité,
« Que le monde ravi tressaille à ta clarté.
« Prends tour à tour la voix de l'ange et du tonnerre,
« Je suis le Dieu du ciel, sois le Dieu de la terre,
« Recueille dans ton sein les mortels malheureux,

« Et montre à leur exil l'allégresse des cieux. »
Viens donc, Être puissant ; à ces ordres fidèle,
Viens rafraichir nos fronts du souffle de ton aile ;
Que notre œil éclairé s'abîme dans le jour,
Notre âme dans la paix, notre cœur dans l'amour !
Comme autrefois le Christ, dont la bonté suprême
Aux mortels étonnés vint parler elle-même,
Il faut que le Génie, auguste ambassadeur,
Au Dieu qui l'envoya consacre sa grandeur.
Sans doute l'Orient avait vu la lumière,
A flots étincelants, s'échapper du Calvaire ;
Sur leurs fronts éblouis les peuples autrefois,
Comme un nouveau soleil, virent passer la croix.
Mais quelquefois les airs s'assombrissent encore ;
Il doit avec ses feux alimenter l'aurore
De ce jour que plus haut nous verrons luire enfin,
Jour de l'ange et de Dieu sans éclipse et sans fin !
Ah ! c'est pour nous, Seigneur, pour nous que ta puissance
Déroula sur nos fronts ce pavillon immense,
Étendit sous nos pas les parfums, les couleurs,
Ce vêtement pompeux de verdure et de fleurs.
Pour nous elle donna la richesse à nos plaines,
La rosée à la nuit, au zéphyr ses haleines,
À l'onde sa fraîcheur, à l'oiseau ses concerts ;
Pour nous enfin, pour nous tu remplis l'univers
De beauté, de grandeur, de joie et d'harmonie.
Gloire à toi, gloire à toi, Seigneur ! mais le Génie
Ce rayon de tes yeux, si puissant et si doux,
J'ose le demander, n'est-il pas fait pour nous ?
Pourquoi laisser tomber de tes splendeurs profondes

Cet Être plus auguste et plus grand que les mondes.
Ah! tu voulus, Seigneur, qu'il nous parlât de toi,
De l'amour de ton nom, de l'amour de ta loi,
Qu'il aidât de sa voix la voix de la nature :
Elle devient par lui plus puissante et plus pure.

## A.

Ami, je l'entendis, j'entendis cette voix,
Quand le Génie, un jour, pour la première fois
Fit passer devant moi ces immortelles pages,
Où la nature voit resplendir ses images.
Mon cœur est toujours plein de ce chant solennel :
« L'univers est un temple et la terre un autel ;
« Les cieux en sont le dôme, et ces astres sans nombre,
« Ces feux demi-voilés, pâle ornement de l'ombre,
« Dans la voûte d'azur avec ordre semés,
« Sont les sacrés flambeaux pour ce temple allumés ;
« Et ces nuages purs qu'un feu mourant colore,
« Et qu'un souffle léger, du couchant à l'aurore,
« Dans les plaines de l'air repliant mollement,
« Roule en flocons de pourpre au bord du firmament,
« Sont les flots de l'encens qui monte et s'évapore
« Jusqu'au trône du Dieu que la nature adore. »
A ces nobles accents, je sentais sur mon cœur
Passer et repasser un souffle de bonheur.
De quel œil je voyais cette sainte nature
Du pavillon des cieux dérouler la parure !
Ah! je m'abandonnais à ces charmes puissants,
Et mon âme brûlait, montait comme l'encens.

## B.

Ce bonheur, je l'avoue, est grand; et le Génie
Ne doit pas à nos cœurs cette seule harmonie.
Il cultive pour nous les sciences, les arts,
De miracles sans fin éblouit nos regards.
Dans la foule, au désert que de grandeurs assises !
A son bras tout-puissant que de forces soumises !
Mais un jour détruira tous ces beaux monuments,
Comme la feuille sèche est emportée aux vents.
Il n'en restera pas une vaine poussière ;
Dieu, même des soleils éteindra la lumière.
Un seul conservera ses feux et sa beauté,
Et ce soleil, ami, sera la Vérité,
La sainte Vérité qui, malgré les nuages,
Se plait à rayonner dans ce monde d'orages,
Qui remplira bientôt de rayons permanents
Une terre plus douce et des cieux plus brillants.
Providence adorable et Sagesse infinie,
C'est pour elle surtout que Dieu fit le Génie.
Son regard avait vu dans les âges lointains,
L'erreur appeler l'homme à de sombres chemins,
Et la nuit qui disait : « Viens, marche à ma lumière ! »
Et le malheur criant : « Viens, je serai ton frère ! »
Il entendait déjà, du séjour éternel,
Le marteau qui brisait les marches de l'autel,
Le vent impétueux qui secouait les trônes,
De la tète des rois emportait les couronnes,
L'ouragan furieux menaçant à la fois

Et la religion et les mœurs et les lois.
Mais dès que le Génie a brillé sur la route,
Nous sortons des sentiers du malheur et du doute;
Cent fois nous bénissons le soleil qui nous luit,
Nous nous abandonnons au Dieu qui nous conduit.
Le Génie a parlé! c'est la voix du prophète,
La voix de l'orateur, ou les chants du poète.
Plus d'une fois son cœur, qui les sentait venir,
Nous sauva des douleurs d'un horrible avenir,
Et quelquefois aussi ses mains presque divines
D'un passé désolant réparent les ruines.

## A.

Telle est sa mission. Tous les lieux, tous les temps
Ont vu naître pour nous des hommes éclatants,
Et toujours du Seigneur la sagesse profonde
Jeta pour l'attirer ces prodiges au monde.
Quelquefois un pays, un soleil plus heureux,
Fièrement couronné de héros et de dieux,
Contemple avec orgueil leur foule triomphante
Et de tant de splendeur la terre étincelante.
Magnifique entretien, sublime rendez-vous,
Où les hauteurs du ciel s'inclinent jusqu'à nous.
O France, ô mon pays, à l'éclat de ta gloire
Qui peut dans l'univers disputer la victoire?
C'est toi que le Génie embrasa de ses feux,
Et les plus beaux soleils ont paru dans tes cieux.
Au siècle de Louis mon œil à peine assemble
Tous les sublimes fronts qui brillèrent ensemble.

Que de magnificence, ô ciel ! que de grandeur !
Non, le regard ne peut contempler sans bonheur
Un peuple tout entier dont les gloires étonnent,
Et Bossuet le dieu des dieux qui l'environnent,
Bossuet qui, debout au sentier lumineux,
A chaque âge dira : « Passant, voilà les cieux ! »
Et tel est le Génie : il faut que sur ses ailes
Il nous prenne et nous rende aux voûtes éternelles ;
Toujours il doit s'unir à la religion,
Car tous deux ont reçu la même mission,

## B.

Ami, rien n'est plus vrai : La Sagesse infinie
Sur la terre pour nous envoya le Génie.
Au milieu de ses maux, par lui l'humanité
Se couronna souvent de joie et de beauté,
Sentit Dieu de plus près : la Vérité suprême
Peut-elle avoir jamais d'autre fin qu'elle-même ?
Et nous, pâles rayons que menace la nuit,
Nous allons au soleil qui jamais ne pâlit,
Au soleil qui, malgré les distances profondes,
A travers l'infini scintille sur les mondes.
Et pour nous le Génie est le brûlant foyer,
Auquel notre âme doit se perdre et se noyer,
Pour monter avec lui dans l'immortelle sphère.
Mais hélas ! que de fois cet ange de lumière,
Se contemplant lui-même, a trouvé dans l'orgueil
De toutes ses vertus l'épouvantable écueil !
Et dès-lors, oubliant sa mission sublime,

Il lève l'étendard dans la route du crime ;
C'est l'Archange déchu , c'est ce démon fatal ,
Qui dit un jour à Dieu : « Je suis le dieu du mal ;
« Tu peux régner là-haut , la terre est mon domaine ;
« Ici-bas , ma puissance est égale à la tienne ;
« Les mortels égarés t'oublieront dans tes cieux
« Et n'offriront qu'à moi leur encens et leurs vœux. »
Le Génie à la terre a coûté bien des larmes,
Et sa fureur souvent mit le monde en alarmes.
S'écartant du sentier que le Ciel lui traça ,
Dans la boue et le sang sa beauté s'effaça.
Quand je vois ses vertus , ses erreurs, son délire ,
Je ne sais plus s'il faut ou bénir ou maudire ,
Mettez dans la balance et le bien et le mal ,
Et dites si ce don est heureux ou fatal.


### A.


Volontiers , mon ami , je pardonne ce doute.
En voyant le Génie, infidèle à sa route ,
S'égarer et tomber, vous êtes comme moi
Saisi d'étonnement et palpitant d'effroi.
Quelquefois c'est à Dieu qu'il déclare la guerre,
Il voudrait voir la Foi s'exiler de la terre,
A l'Espérance ôter ses consolants rayons,
Voiler à nos regards ce Ciel où nous allons,
Et, consacrant partout les erreurs et les crimes,
Pousser l'humanité jusqu'au fond des abimes.
Dans tous les cœurs bien nés quel deuil et quel effroi,
Lorsque l'enfer s'écrie : « Enfin il est à moi,

« Il est à moi ; je vais l'animer de ma rage ;
« Il me faut des débris, des pleurs et du carnage,
« Et par lui je veux voir, traînés à mes autels,
« Tous les amis du bien, détestables mortels. »
Et, faisant succéder le blasphème aux louanges,
Dans le piége fatal tombent des milliers d'anges :
Tant la Vertu chancelle et faillit, quand ses yeux
Contemplent le Génie égaré loin des cieux,
Et que, devant nos pas, tous ces brillants scandales
Ouvrent sur des écueils des routes si fatales ;
Aveugles, nous suivons la main qui nous conduit
De la paix au désordre, et du jour à la nuit :
Sur nos esprits telle est sa coupable influence !

## B.

Mais Dieu punit aussi l'abus de sa puissance :
Dans son immense orgueil il ne le soutient plus,
Et, le laissant courir en des sentiers perdus,
Il l'immole souvent aux lois de sa justice,
Et, qui suit ses erreurs partage son supplice.
Mais ils n'ont point failli tous ces mortels heureux
Que Dieu favorisa des ces dons glorieux.
S'il est des feux errants, il en est de fidèles,
Qui du foyer divin gardent les étincelles ;
Et nous en avons vu resplendir à nos yeux,
Dont toujours les clartés illuminent les cieux.
Et quand même aujourd'hui tout rayon de lumière
Cesserait d'éclairer mon avide paupière,
Élancé par delà l'univers et le temps,

Je dirais du Génie, empruntant les accents :
« Pour moi, quand je verrais dans les célestes plaines
« Les astres, s'écartant de leurs routes certaines,
« Dans les champs de l'éther l'un par l'autre heurtés,
« Parcourir au hasard les cieux épouvantés ;
« Quand j'entendrais gémir et se briser la terre,
« Quand je verrais son globe, errant et solitaire,
« Flottant loin des soleils, pleurant l'homme détruit,
« Se perdre dans les champs de l'éternelle nuit ;
« Et quand, dernier témoin de ces scènes funèbres,
« Entouré du chaos, de la mort, des ténèbres,
« Seul je serais debout, seul, malgré mon effroi,
« Être infaillible et bon, j'espèrerais en toi ;
« Et, certain du retour de l'éternelle aurore,
« Sur les mondes détruits je t'attendrais encore ! »
Oui, comme cet ami que je vis autrefois
Faire ici retentir les accents de sa voix,
Du Génie égaré je brave la puissance ;
Comme lui je dirai, tressaillant d'espérance :
« Le jour est pur encor, le ciel toujours serein ;
« La lumière, Seigneur, s'épanche de ta main.
« C'est en vain que l'erreur jette sa nuit au monde ;
« Tu sais en un beau jour changer la nuit profonde.
« Le Génie égaré peut s'éteindre à nos yeux ;
« Ton doigt nous montrera la route de tes cieux,
« Et, dans l'épanchement de ta bonté suprême,
« Sur le front des mortels tu brillerais toi-même. »

## A.

Mais lorsque le Génie est en proie aux erreurs,
Nous devons lui donner des regrets et des pleurs;
Et, s'il laisse échapper quelque trait de lumière,
Laissons de ce doux feu charmer notre paupière.
Peut-être que cet astre, endormi dans le soir,
Sur nous avec le jour ramènera l'espoir.
Mais, si l'astre à la nuit pour jamais s'abandonne,
Demandons la lumière à celui qui la donne,
Et, confiant notre âme aux clartés de la foi,
A travers les écueils avançons sans effroi.
Et puis, vous l'avez dit, sur nos routes mortelles,
S'il est des feux errants, il en est de fidèles,
Et quand l'un disparaît ou s'égare à nos yeux,
L'autre d'un pas plus sûr s'avance dans les cieux.
Ah! pour vous, si jamais dans le fond de votre âme
Vous sentiez s'éveiller cette divine flamme;
Si vos amis, un jour, pleins de votre bonheur,
Vous voyaient du Génie atteindre la hauteur,
Soyez toujours fidèle au Dieu qui fait éclore
Ces feux intérieurs plus riches que l'aurore,
Plus beaux que ces soleils qui dans l'immensité
Du Dieu qui les lança portent la majesté.

Ne prenez point ceci pour un pur badinage;
Vous savez comme on peint les enfants du village.
L'auriez-vous jamais cru? Cet essaim de marmots
Doit du monde savant étonner les échos.
« L'un, apprenti Rubens charbonne la muraille;

« L'autre, Chevert futur, met sa troupe en bataille ;
« L'autre, Euclide nouveau, confie au sol mouvant
« Ses cercles, ses carrés dont s'amuse le vent ;
« L'autre, de ses châteaux', fait, défait l'assemblage ;
« L'autre est l'historien, le conteur du village. ,
« Aujourd'hui, sans songer à son destin futur,
« Chacun est satisfait si, lancé d'un bras sûr,
« Le caillou sur les eaux court, tombe, se relève ;
« Ou si, par un bon vent, son cerf-volant s'enlève. »
Voilà qui doit un jour briller dans l'avenir ;
Vous pouvez à ce but vous aussi parvenir.
Tel, qui languit dans l'ombre, au grand jour doit paraître :
C'est un de nos amis, c'est vous, c'est moi peut-être.

## B,

Ne vous refusez pas ce petit compliment.
Oui, mon ami, courage ! un jour assurément,
Et devant nos amis, j'en donne ma parole,
Un jour nous monterons tous deux au Capitole,
Et le monde surpris... Vous riez comme moi ;
A ce grand avenir vous avez peu de foi.
Moi, tout mon avenir au ciel je l'abandonne.
Que du moins la vertu soit toujours ma couronne !
Je n'irai point bâtir de beaux châteaux en l'air,
Et ma gloire, après tout, ne serait qu'un éclair.
Soyons justes : Un jour, dans la gloire infinie
La Vertu montera plus haut que le Génie.

## A.

Oui, la vertu d'abord, mais aussi de l'honneur,
Et pour les cœurs bien nés, c'est encor du bonheur.
Nous pouvons donc aimer nos modestes victoires,
Et ne pas renoncer à de plus grandes gloires.
Mais où sont aujourd'hui ces beaux livres aimés,
Qui brillaient autrefois sous nos regards charmés ?
Quoi ! pour récompenser de si nobles courages,
Je ne vois plus ici que de simples feuillages !

## B.

Vous oubliez, ami, que les vainqueurs pieux
En ont fait à Pie IX l'abandon généreux :
Trop heureux, dans ce temps de désordre et d'alarme,
Peut-être dans ses yeux d'arrêter une larme !
Trop heureux de pouvoir lui donner à leur tour
Cette preuve de foi, de respect et d'amour !
Puis, vous n'y pensez pas, tout enfants que nous sommes,
Nous serons couronnés comme tous ces grands hommes,
Qui n'avaient sur leur front, poétique ou guerrier,
Qu'un rameau verdoyant de chêne ou de laurier.
Connaissant notre don, croyez bien que nos mères
Jamais de leurs enfants n'auront été plus fières.

## A.

Et nous, nous sommes fiers du Mécène pieux
De ce prêtre éloquent qui préside à nos jeux.

Quand un père chéri s'absente de nos fêtes,
Quelle main plus aimée eût couronné nos têtes?
Ce digne et noble ami, nous voudrions qu'un bon vent
Dans ces murs réjouis l'amenât plus souvent.
C'est honneur et bonheur, quelquefois promenade,
Et les congés pour nous ne sont pas chose fade.
Mais aujourd'hui surtout il n'est personne ici,
Qui du fond de son cœur ne lui dise : Merci !
De notre grand congé précipitant l'aurore,
C'est lui qui nous a fait le jour qui vient d'éclore.
C'est lui qui désigna le prêtre instruit et bon,
Qui va nous adresser quelque aimable leçon,
Certes ne manquant pas d'esprit ni de sagesse,
Ni d'amour éclairé pour guider la jeunesse.
Assez longtemps le ciel l'a tenu près de nous,
Et nous savons combien il est modeste et doux.
Nous devrons recueillir tous les mots de sa bouche,
Sachant bien que la branche est d'une bonne souche.
Mais on dit que son père, étant un peu malin,
D'un discours de collége inventa cette fin :
« Dans ce jour de bonheur, dans ce jour de victoire,
« Je ne sais qui de vous mérita quelque gloire :
« Vous valez peu, marmots; mais, grâces à mes soins,
« L'an prochain, j'en suis sûr, vous vaudrez encor moins.»
Sans doute l'orateur dut tenir sa promesse :
A qui pouvait-on mieux confier la jeunesse?
C'était un proviseur, menant tout au rebours,
Qu'il supposait ainsi terminer son discours.
Le bon mot du vieux père excite le sourire;
Mais espérons qu'ici le fils pourra nous dire :

« Enfants, je vous connais, je sais que vos travaux
« Méritent, chaque année, un glorieux repos ;
« Mon cœur avec plaisir vous rend ce témoignage,
« Sous la direction d'une main ferme et sage,
« Des maîtres dévoués, pleins d'une noble ardeur,
« Cultivent votre esprit, cultivent votre cœur,
« Et dans ce jour, si beau de joie et de victoire,
« Vous avez tous, enfants, quelque titre à la gloire ;
« Oui, tous vous faites bien, et par ces soins pieux
« L'an prochain, j'en suis sûr, vous ferez encor mieux.

Avant de nous quitter, nous devons un hommage
A la vertu d'un prêtre, aux lumières d'un sage,
Qui, longtemps désiré, paraît enfin ici
Avec les sentiments d'un père et d'un ami ;
Qui conduit aux autels les pas de la jeunesse,
Si jeune encor lui-même au seuil de la vieillesse.

A vous tous qui venez, si bons, si bienveillants,
Compléter le bonheur de ces heureux moments,
Merci pour tout l'éclat qui s'ajoute à nos fêtes !
Oh ! merci pour l'honneur, le bien que vous nous faites !